늘 사랑이예~

아들이~

어떻게 사세요

강원석 시집

어떻게 사세요

1판 1쇄 발행   2026년 3월 15일
1판 2쇄 발행   2026년 3월 16일

지 은 이 강원석
발 행 인 조규백
기획편집 우종현
디 자 인 김다은
발 행 처 도서출판 구민사
           (07293) 서울특별시 영등포구 문래북로 116, 604호
           (문래동3가 46, 트리플렉스)
전   화 02.701.7421
팩   스 02.3273.9642
홈페이지 www.kuhminsa.co.kr
신고번호 제 2012-000055호(1980년 2월 4일)
I S B N 979-11-6875-685-4 (03810)
값   18,000원

어떻게 사세요

또 살아가겠지,
한 송이 꽃에 마음 기대며

어떻게 사세요?
누군가에게는 평범한 인사가
누군가에게는 눈물 나는 위로가
된다는 것을 압니다.

세상은 늘 흔들립니다.
버스를 타고 가는 일상의 길목에서도
사랑하는 이를 떠나보낸 마음의 길목에서도
우리는 자꾸만 삶의 멀미를 느낍니다.

하지만 가만히 들여다보니
세상이 흔들려서 아픈 게 아니었습니다.
나를 붙잡아 줄, 손 하나가 그리워서
아픈 것이었습니다.

잘 살아야 한다는
무거운 짐은 잠시 내려놓으세요.

그저 오늘을 무사히 건너온 당신에게,
노을이 붉은 것도, 별들이 빛나는 것도
당신이 세상을 예쁘게 바라보기 때문이라고
나직이 말씀드리고 싶습니다.

이 시집이 흔들리는 시간들을
조금이나마 붙잡아 줄 수 있기를 바랍니다.
한 송이 꽃에 마음 기대며,
우리는 또 그렇게 살아갈 테니까요.

2026년 봄
아홉 번째 시집을 내며

차례

마음 하나, 마음에게 묻는다

마음 둘, 그리움의 시간

마음 셋, 낙엽 쓰는 소리

마음 넷, 길이 아닌 길은 없다

일러두기

시의 오른쪽 페이지에 여백을 두어, 시를 옮겨 쓰거나
사색의 공간으로 활용하도록 편집하였습니다.

마음 하나

마음에게 묻는다

어떻게 사세요

아이들 커 가는 것
보면서 웃음 짓다가
부모님 늙으시는 것
보면서 눈물짓고

가끔은 어떻게 사는 게
좋은 건지 생각하다가
그저 곱게 물든
저녁 하늘에 마음 빼앗기는

평범한 일상이
얼마나 감사한 삶인지
남처럼 사는 게
얼마나 대단한 삶인지

그렇게 느끼며
그렇게 삽니다

시의 향기

시 한 편을 썼다
마음속에 향기가 남았다

장미 한 그루를 심었다
손끝에 흙이 묻었다

시를 써도
삶은 여전히 거칠지만

시가 없으면
삶은 흙만 남는다

아침의 언어

아침에는 꽃향기처럼 말하자
누군가는 그 향기에
꽃이 될 수 있으니

아침에는 새소리처럼 말하자
내가 하는 말이
노래처럼 들릴지도 모르니

아침에는 햇살 같은 말을 하자
좋은 말을 듣고도 하루를 살아내는 건
버거울 때가 있으니

어떤 아침은 별빛처럼 말해도 좋겠다
때로는 고요함이
더 빛나는 하루를 만들기도 할 테니

아침에는 말을 고르느라
조금 늦어도 괜찮다

오후 여섯 시

모두가 기다리는
시간이 있습니다

저녁이 오는 시간
집으로 가는 시간
별이 뜨는 시간

행복에 한 뼘
다가가는 시간

매일 당신 곁에 머무는
이 시간의 빛깔은
따스한 노을빛입니다

마음에게 묻는다

하루의 끝자락에
마음에게 묻는다

오늘은 어땠는지
상처받은 일은 없었는지
상처 준 일은 또 없었는지

말없이
하늘에 달 하나가 뜬다
괜찮다고 괜찮다고
가만히 마음을 비춘다

별이 뜨는 저녁

별이 뜨는 저녁에는
따뜻하게 우려낸 차 한 잔을 마시며
말없이 스쳐 간 햇살들을 그리워하자

연기처럼 피어나는 차향 속에
뜨거웠던 이름 하나 떠오르면
그 이름이 머물던 순간들을
나지막이 불러 보자

지나간 시간은
사랑하기 위해 주어지고
다가올 시간은
그리워하기 위해 남겨지는 것을

별이 뜨는 저녁에는
밤이 오는 것을 두려워 말고
곁에 있는 사람들을 한 번 더 사랑하자

질문

마음속에
질문 하나 품고 산다

사랑하며 살고 있는지
꿈을 꾸며 살고 있는지

따뜻한 마음으로 살고 있는지
뜨거운 가슴으로 살고 있는지

하루하루
사람다운 사람으로
살고 있는지

내가 아는 아름다움

내가 아는 아름다움은
비싼 옷과 값진 보석
화려한 치장에 있지 않고

돌부리 가득한 길에서도
한 걸음씩 삶을 내딛는
순박한 사람들의
투박한 손마디에 있다

흙먼지 날리는 들판을
촉촉한 풀밭으로 만드는
이슬 같은 사람들의
소박한 미소 안에 있다

제 탓입니다

노을이 저렇게 붉은 것도
꽃들이 더없이 예쁜 것도
다 제 탓입니다

어두운 밤 별들이
은빛처럼 흩날리는 것도
다 제 탓입니다

제가 당신을 바라보듯
세상을 너무 아름답게
바라본 탓입니다

사랑이 예쁘기에

지난밤
별들이 초록빛을 뿌릴 때
작은 꽃잎 하나
그대 곁에 왔던가요

봄바람에 날아간 그리움이
별처럼 빛나다가
어느 순간 향긋한 꽃잎 되어
그렇게 다가갔나 봅니다

별빛이 더없이 푸르거나
꽃잎이 너울너울 날리면
가슴 설레었던 시간들을
한 번쯤 생각해 보세요

사랑이 예쁘기에
그리움도 예쁩니다

얼굴

땀에 젖은 얼굴
햇볕에 그을린 얼굴
희망을 만드는 얼굴이다

미소가 머무는 얼굴
친절을 품은 얼굴
행복을 전하는 얼굴이다

누구나 가질 수 있지만
아무나 가질 수 없는 얼굴

오늘을 눈부시게 살아가는
당신의 얼굴이다

웃음소리

아이들의 웃음소리를
하나둘 모아
마음속에 차곡차곡
쌓아 둔다

햇살이 목말라 할 때
촉촉하게 뿌려 주고
어쩌다 찡그린 사람에게
음악처럼 들려도 주고

살다가 혹시라도
힘겨운 날이 오면
그땐 나도
살며시 꺼내 봐야지

눈길

두 눈이 가는 곳에
마음이 따라가 보니

꽃송이 곱게도 피었다
삶의 모퉁이마다 배어 있는
놓치지 말아야 할 흔적들

숨기지 않았지만
숨어 있던 것들

바라보지 못한
마음이 문제였다

별에게

오늘은 소원을 빌지 않을게
오롯이 너만의 시간을 가져 봐

바람 타고 놀다가
구름 속에 숨어도 보고
밤비라도 내리면
흠뻑 젖어도 괜찮아
길을 잃으면 달님에게
길을 물어도 돼

언제나 그곳에서
반짝이느라 참 수고 많았다

마음 잡기

고달픈 날에는
높은 하늘을 올려다보고
숨이라도 한 번 크게 쉬며
하루를 살고

외로운 날에는
저녁에 뜨는 작은 별을
애써 기다리며 하루를 살고

그러다 비가 오는 날에는
그때는 빗소리보다
더 크게 울어 버려라
어떻게 다 참고 살겠나

도시의 작은 정원

햇볕이 드는 창가
책상 위의 조그마한 화분

거리의 짧은 산책길
꽃 한 송이
나무 한 그루

마음은 속도를 늦추고
잠시 숨을 고른다

쉼 없이 달려가는 도시
그 한가운데 정원이 있다
고요한 시간 속에 내가 있다

우리를 위한 세상

떨어지는 빗방울이 가르쳐 줍니다
하늘 위에 반짝이는 작은 별이 있다고

불어오는 바람이 전해 줍니다
길 건너 언덕에 향기로운 꽃이 피었다고

지저귀는 새들이 말해 줍니다
숲속 푸른 나무에 또 싹이 돋았다고

이 세상 모든 아름다운 것은
우리를 위해 살고 있다고
혹시 잊을까 봐 알려 줍니다

게으른 아침

아침에 늦잠 좀 자려고
달이 지지 못하게 묶어 두었다

깜빡했네
해가 뜨는 것도 묶었어야지

세상에 뜻대로 되는 일
많지 않지만
바라지 않아도
화사한 하루가 때맞춰 와 주니

이왕 눈뜬 거
어영부영하지 말고
달님부터 풀어 줘야지

무게

인생을 너무 무겁게 바라보지 마
가볍게 생각한다고
가벼운 사람이 되는 건 아냐

마음을 편하게 가지면
인생은 그만큼 더 즐거워지는 거야

구름은 무거운 비를 머금고 있지만
저리도 가볍게 하늘을 날잖아

새는 푸른 가지를 찾아서 앉는다

새는 푸른 가지를 찾아서 앉는다
좋은 사람을 알아보는 눈을
그대는 가졌는가

많은 사람을 사귀는 것보다
좋은 사람을 사귀는 것이
삶을 더욱 풍성하게 만든다

빗속에서도 피어나는 꽃처럼
진실하고 겸손한 사람
어둠 속에서도 빛나는 별처럼
친절하고 따뜻한 사람
이런 사람과 일상을 함께하자

좋은 사람을 만나고 싶다면
내가 먼저 좋은 사람이 되어야 한다
새는 푸른 가지에 앉기 위해
더 힘차게 날개를 퍼덕인다

빨래

달빛이 햇살보다 밝은 밤
고단한 몸 기대지 못하고
빨래를 하시는 어머니

삶의 무게 바위 같아도
우물가 흐드러진 수국은
이리도 고운 것을

젖은 옷 정성스레 널고
그제야 허리 한 번 펴면
불어오는 밤바람 사이로
달빛이 빨래를 말린다

꽃과 별

꽃과 별은
왜 모두 한 글자일까

그것은 다른 친구들을
더 예쁘게 만들어 주기 위해서야

그냥 길보다
꽃길 하면 더 향기롭고
그냥 밤보다
별밤 하면 더 반짝이잖아

그래서 사람들은
꽃과 별을 좋아하는 거야

근심

밤새 불어 대던 바람 소리에
잠을 이루지 못했다

꽃이 질까 봐
꽃이 질까 봐

아침 되어 바람 떠나고
꽃은 여전히 붉은데
지난밤 무엇이 그토록
나를 두렵게 했던가

한 줄기 햇살에
사라질 근심이었다

소나무

촘촘한 바늘잎도
서로에게 기대니
장엄한 나무가 되는 것을

날이 흐려도 가지는 자라고
비가 내려도 잎은 푸르구나
바람 속에서도
솔잎은 하늘을 마주하니

혼자서는 갈 수 없는 길
의지하며 보듬으며
그렇게 숲이 되자

멀미

버스가 흔들린다
멀미가 날 것 같다

이까짓 흔들림이
뭐 대수라고
평생 흔들리며
살아왔는데

곰곰이 생각해 보니
문제는 흔들림이 아니다
붙잡아 주던 사람이
이젠 없다

마음 둘

그리움의 시간

1월 어느 늦은 밤

언젠가 보았던
꽃잎 같았어
수줍어도 예쁘게 피어나는
연붉은 꽃잎 말이야

꽉 닫힌 문틈으로 들어온
바람 같았어
풀잎 향기 가득 머금은
연둣빛 바람 말이야

봄은 아직 멀었는데
우리의 봄은 그렇게 시작됐나 봐
꽃잎에 설레고 바람에 두근대던
1월 어느 늦은 밤에

너를 기다리며

식탁 위엔
꽃을 꽂은 꽃병과
따지 않은 와인

방안에는
어둠을 즐기는 촛불과
고요를 타고 노는 음악

창밖에는
반갑게 맞이할 달빛과
신나게 뿌려질 별빛들

너를 기다리는 건
이것만이 아니야

그리움의 시간

혼자 있는 시간에
찾아드는 그리움은
마른 벽지에 번지는 물자국처럼
가슴 한 곳을 고요히 적신다

잠시 떨어져 있을 땐
그리움에 설레기도 하지만
시간이 길어지면 그 그리움은

굶주린 새에게 제 몸을 내주는
어린 사과의 심장이 되고 만다

그리워하기 위해 사랑하고
아프기 위해 사랑한 건 아닌데
그래도 사랑인가

눈 뜨자마자

하루에 몇 번이나
내 생각을 하나요

나는 한 번
그대를 생각합니다

아침에 눈 뜨자마자
딱 한 번
하루가 다 갑니다

그건 사랑입니다

아침에 눈을 떴을 때
잠들기 전에 생각났던 사람이
다시 떠오르면 그건 사랑입니다

하루 종일
머릿속을 아른거리는 얼굴이
둘도 아니고 하나라면
그건 사랑입니다

저녁 하늘 노을빛이
붉은 자두보다 더 짙어질 때
전화를 걸고 싶은 사람이 있다면
그건 분명 사랑입니다

그 사람도 당신처럼
똑같은 생각을 한다면
그건 상상만으로도 가슴 벅찬
사랑, 사랑입니다

하루가 짧아진 이유

하루가 짧아진 이유에 대해
곰곰이 생각해 봤는데
계절 탓은 아니었어
널 만나고 봄이 왔으니까

집에 가기 싫은 이유에 대해
그것도 생각해 봤는데
너도 같은 마음인지
그게 더 궁금해졌어

함께 걷는 길
전에는 보지 못한 별이 뜨고
버스정류장에서 집까지
왜 이렇게 가까운 건지

바람에 흔들리는 건
갈대나 나뭇잎 같은 게 아니라
너의 옷자락과 내 마음이란 걸
걸으면서 알게 되었어

구름 예쁜 날

구름이 왜 저럴까
눈사람을 만들다가
꽃을 피우다가
너의 얼굴을 그렸다가

내 마음이 왜 이럴까
전화기를 들었다가
번호를 눌렀다가
다시 구름을 보다가

궁금해요

밥은 먹고 다니는지
잠은 잘 자는지
아픈 데는 없는지
그것도 궁금하지만

가끔 내 생각은 하는지
보고 싶었던 적은 있는지
그게 더 궁금해요

참 싱겁지요
그래도 그게 제일 궁금합니다

나는 매일 밤 그대 생각에
자다 깬 별처럼
뒤척이기만 하거든요

눈치

사랑해라고
말하는 것은

사랑해라는 말이
듣고 싶다는 거야

이 바보야

비질

구름 가득한 밤에
바람으로 빗자루 만들어
하늘을 비질하면

황금색 달빛은 어둠을 적시고
초록색 별빛은 가슴을 적시네

그대 마음속 찌푸린 생각도
말끔히 쓸어 낼 수 있다면

달빛도 별빛도
어여쁜 그대 품에 뜰 텐데

사랑을 하다 보면

그대 가슴에
한가득 사랑이 있다면
때로는 비가 오듯
눈물이 날지도 모릅니다

사랑이 아파서가 아니라
사랑이 깊어서 그렇습니다
맑은 하늘에도
가끔씩 소나기는 내리니까요

그대 가슴에
한가득 그리움이 있다면
때로는 밤새워
몸을 뒤척일지도 모릅니다

잠이 오지 않아서가 아니라
잠을 잘 수 없어서 그렇습니다
밤이 되면 사랑은
그렇게 그리운 법이니까요

향기

바람 사이로 살랑이며 부딪히는
나뭇잎 향기를 좋아합니다

작은 호숫가에 옅게 드리운
물안개 향기를 좋아합니다

비를 맞은 마른 흙길의
흙먼지 같은 향기를 좋아합니다

나뭇잎이 푸르른 호숫가 흙길을 걷다가
갑자기 만난 소낙비를 함께 피하던
한 소녀의 풋풋했던 그 향기를
나는 좋아합니다

그날

주렁주렁 열린 아카시아 하얀 향기를
바람으로 조금 잘라 그녀에게 주던 날

우리는
아카시아 나뭇잎으로 사랑을 점치고
먼 훗날 함께 꺼내 보자며
예쁜 그림 한 장을 마음속에 그렸다

달콤하던 사랑은
아이의 손을 떠난 고무풍선처럼
하늘 높이 날아가 버리고
나뭇잎보다 푸르던 시간은
가을 오면 떨어지는 갈잎처럼 흩어졌다

그리운 시절
그리운 사람이여
긴 인생에 애틋한 사랑 하나쯤 남기려고
우리는 그날 그렇게 예뻤나 보다

새벽 비

새벽에 내리는 비야
소리 없이 올 수는 없는지

굵은 빗방울에
그리움이 깨어나면

새벽부터 밤까지
이 마음 어쩌라고

가슴에 돌을 안고

누군가를 잊어야 한다는 것은
가슴에 돌 하나를
안고 사는 일이다

누군가에게서 잊혀진다는 것은
그 돌에 맞아 상처가 나는 것보다
훨씬 아픈 일이다

둘 중 하나를 택해야 한다면
가슴에 큰 돌을 백 개라도
안고 살겠다

화풀이

너를 미워하는 내가 미워서
꽃 한 송이 꺾고 말았다

내 사랑도 저렇게 꺾였구나
생각하다가

부러진 꽃송이 꽃병에 꽂고
미안하다 미안하다
그 말만 되뇌었다

마음속 그 자리

계절이 흔적 없이 사라지고
기억이 먼지처럼 흩어져도
차마 바람도 닿을 수 없는
먼 곳에 있어도

사랑했던 그대를
찬란했던 그날을
잊을 수 없습니다

떠나는 법을 모르는 별처럼
지더라도 다시 뜨는 해처럼
그대는 언제나
마음속 그 자리에 있습니다

자정

그리움은 발이 없어
떠나지 못하고 남았나 보다

외로움은 눈이 밝아
깜깜한 밤에도 찾아오고

밀려드는 외로움에
깨어나는 그리움

나는 그만
밤을 잃었다

혼자여도

혼자 있는 시간을
좋아합니다
오직 한 사람을
생각할 수 있으니까요

나는 그대 없이도
그대를 사랑합니다
볼을 스치는 바람에도
그대를 느낍니다

외로움이란
혼자라서 외로운 게 아니라
사랑하지 못해서 외로운 것을

갈대밭

해가 지는 강가에 비스듬히 앉아
그대 사랑으로 얼룩진 마음을 씻는다

씻어도 씻어도 다 씻지 못하면
달빛에 그을리고 별빛에 물들어
지울 수 없는 자국으로 남겠지

떠나 버린 사랑아
멀리 바다로 가지 말고
살포시 갈대밭에 머물러라

너를 잃은 가슴이 힘겨워 울먹일 때
나 바람 되어 다시 오리라

이별의 색깔 슬픔의 향기

이별에도 색깔이 있다면
연한 초록색이기를

새싹이 돋아나는 봄날에
색깔에 반해 이별마저도
아름다워 보이게

슬픔에도 향기가 있다면
짙은 꽃향기이기를

예쁜 꽃 가득한 봄날에
향기에 묻혀 슬픔 같은 건
잊어버리게

울고 싶은 밤

애써 눈물 숨기지 마라
외롭다면 외롭다면
그냥 울어도 되는 밤이다

그러라고 어둠은 깔리고
달도 뜨지 않았다
우는 소리 들키지 말라고
귀뚜라미 더 크게 운다

애써 눈물 감추지 마라
그립다면 그립다면
소리 내어 울어도 되는 밤이다

세상은 이토록 예쁜데

당신도 내가 그리운가요
나는 늘 당신이 그립습니다

내 그리움은
밤에는 별이 되어 떴다가
아침 오면 꽃으로 피어납니다
바람 불면 낙엽으로 물들다가
추워지면 흰 눈 되어 날립니다

당신이 그리울수록
세상은 이토록 예쁩니다

가끔은 보고 싶어 고개를 떨구지만
오래오래 그리워할게요
당신은 조금만 그리워하세요

겨울의 이별

뿌리치며 돌아서는 냉정함이
거친 눈보라를 몰고 왔다

서로의 체온에 기대던 시간은
폭설에 묻혀 버리고
이별의 냉기가 하루를 쓸고 간다

슬픔이 어둠을 부르면
달빛은 구름 속에 주저앉아
언 몸으로 밤을 새우겠지

그대 남겨 둔 겨울의 상처보다
혼자 맞이할 봄날이 더 아프다

밥을 하다가

누군가를 위한 밥 한 끼는
시간보다 마음이 더 들어간다

쌀을 씻고 물을 붓고
밥이 익으면 불을 줄이고
남은 숨결까지 살포시 덮어 놓는다

적당히 뜸이 들어야
밥은 맛있어지듯
생각해 보면
우리네 사랑도 그런 것 같다

설익지 않게
타버리지 않게
알맞게 기다려야 한다

따뜻한 밥 한 끼를 차리듯
사랑도 그러해야 한다

마음 셋

낙엽 쓰는 소리

봄처럼

뜨거운 가슴이
얼음을 녹이고

따뜻한 마음이
꽃을 피운다

그대
하루를 살아도
봄처럼 살아라

꽃향기

햇살 아래
싹이 돋고 꽃이 피면
예쁜 향기 고운 향기
마구마구 퍼집니다

오늘은
꽃향기에 취해도 됩니다
당신이 만든 봄이니까요

오늘은
꽃향기에 울어도 됩니다
우리가 사랑한 봄이니까요

민들레

민들레 작은 꽃씨가
내 마음에 날아왔다

희미하게 돋아나는
꽃잎 하나
사랑 하나

봄인 걸 어쩌겠어
좋은 걸 어쩌겠어

철쭉을 보다가

외로움이 너무 커
무리 지어 피는 꽃

향기가 없어도
낯빛이 달라도
서로 보듬고 다독이며
꽃이 꽃을 피운다

그대, 혼자여도 울지 마라
꽃도 저리 살아가는 것을
너의 봄은 아직도 한창이다

계란꽃

아무 곳에나 핀다고
아무렇게나 대하지 마라

따뜻하게
사랑스럽게
꽃이 꽃임을 느끼게

옆집 아이 같은
이 작은 꽃이 없으면
바람은 어디로 불어야 하고
햇살은 어떻게 살아갈까

들판은 얼마나 쓸쓸하고
계절은 또
어디에 머물러야 할까

장미 때문에

붉은 꽃잎이 너무 예뻐
꽃을 보며 걸었다

진한 향기가 너무 좋아
가던 길을 멈추었다

장미 때문에
장미 때문에
잠시 너를 잊고 말았다

사루비아

초등학교에 다니던 그때
곱게 땋은 머리에 빨간 리본을 달고
어린 가슴 콩닥콩닥 뛰게 했던

아침에 일찍 일어나
학교에 빨리 가고 싶게 만들었던
그 아이는 지금 잘 살고 있겠지

함께 심었던 화단의 사루비아는
아직도 꽃을 피우고 있을까
무지개처럼 고왔던 시절
내겐 너무 예뻤던 한 아이가 있었다

햇살 아래 부모님

봉투에 이십만 원을 넣어
부모님께 드렸다
차비 하라며 다시
십만 원을 쥐어 주신다

받은 사랑
밤하늘 별보다 많은데
십만 원짜리 효도에
가슴은 저미고

햇살 아래 아버지
햇살 아래 어머니
봄볕에 핀 들꽃처럼
연하게 웃고 계신다

돌아보고 또 돌아보고
얄궂은 바람 슬쩍 불어와
꽃잎을 떨구려 한다
눈물 한 방울 훔쳐 간다

시골 마을

산기슭에 놀던 뻐꾸기 소리
구름 타고 마을로 내려오면

멧비둘기 구성진 울음은
꽃망울 터지듯 돋아나고

바람 따라 노래하는
회화나무 큰 그늘 아래

사람들의 이야기는
나뭇잎처럼 푸르고 푸르다

바람이 내게

바람이 붑니다
무슨 할 말이 있는 걸까요
조용히 귓가에 속삭입니다

우울한 마음은 날려 버리라고
익숙해지면 안 된다고
토닥이며 달래며 안아 줍니다

언젠가 맡아 보았던
햇볕에 무르익은
꽃향기를 건네줍니다

혼자 핀 꽃잎도 아름답다며
글썽이는 눈물을 닦아 줍니다

여름밤

여름날 밤바람은
까만 하늘에 촘촘히 뜬
하얀 별빛을 이리저리 흩어 놓고

한낮에 못다 뿌린 꽃향기를
달빛에 적셔 여기저기 던져 놓네

여름밤 잠 못 드는 이유가
그리움만은 아니구나

여름비

여름비 길게 내리는 날
모닥불 같은 사람이 있다면
빗소리 함께 들을 텐데

쓸쓸함도 고단함도
추적추적한 시간도
함께 말릴 텐데

그 여름 우리는
마음 언저리에
그리움 하나 심기 위해
그토록 사랑했었나

여름 냇가에서

한 자락 소나기가
살찌운 냇물에

손을 먼저 담글까
발을 먼저 담글까

이 생각 저 생각 하는 사이
구름이 풍덩 몸을 던진다
뒤따라 뛰어든 갈증 난 태양

뜨거운 매미 소리
나뭇잎에 땀을 닦고
더위에 지친 구름과 태양이
냇가에서 멱을 감는다

낮잠 자는 바람은
언제쯤 깨어날까

담쟁이넝쿨

사람들은 나를 보며
어딜 그렇게 힘들게
올라가냐고 말한다

밋밋한 담벼락에
초록 잎으로
그림을 그린다는
사실은 모른 채

가을밤에

낙엽 떨어지는 냇물 위에
달빛은 징검다리를 만들고

은은한 밤벌레 울음소리는
한 가락 정겨운 시가 되니

이렇게 계절은 외로운 밤도
사랑하게 만드는 것을

가을이여 쓸쓸해도 좋으니
오래도록 그렇게 머물러라

낙엽 쓰는 소리

낙엽 쓰는 소리를
가만히 듣는다

계절이 떠나는 쓸쓸함과
시간을 뺏겨 버린 허전함이
간간이 느껴지다가

타인을 배려하는 자상함과
세월에 순응하는 겸허함이
한가득 묻어온다

지혜로운 삶이란
생각의 색채를 밝게 하는 것

바람이 낙엽을 다 품기 전에
빗자루로 쓸어 본다
가을은 조금 더 내 곁에 머문다

가을 편지

가을이다
그리운 사람에게 편지 한 통 써 본다

무엇을 기대하고 쓰는 건 아니다
마냥 물드는 나뭇잎을 보며
인생의 가을을 어찌 보내고 있는지
가끔은 궁금하기 때문이다

한 자 두 자 낙엽 위에 살포시 적어
부는 바람에 날려 보낸다

혹시 답장이 없으면
사는 게 바빠서 그러려니
잘 살고 있겠거니
그렇게 생각하면 그만이다

가을이다
그리운 사람에게 편지 한 통 띄운다

고엽

나뭇잎이 녹슬었다
푸르른 빛깔은 햇볕에 시들고
부드러운 자태는 바람에 뒹굴었다

만나고 헤어지는 세상 속에서
수없이 눈물을 흘렸어도
남아 있는 이별은 조금만 슬프기를

사랑아
낙엽은 저리 떨어져도
너는 아파하지 말아라

우 수 수

낙엽 떨어지는 날에는
그대, 차 한잔을 마시며
쓸쓸해도 좋을 가을을
웃으며 보내 보자

가슴 저미는 이 시간도
흰 눈이 내리면 그리워질 테니
때로는 이별도 아름답다는 것을
그렇게 알아 가자

눈을 기다리며

하얀 눈을 기다리는 마음은
사랑하는 사람을 기다리는 마음처럼
한 번 더 설레기를

눈이 내려 길이 미끄럽고
하는 일에 피로가 쌓여도
마음만은 베이지 말기를

어쩌다 다툴 일이 생겨도
눈처럼 녹아 상처로 남지 않기를

흰 눈이 내리는 날에는
갓 걸음마를 뗀 아이의 해맑은 웃음처럼
하얗고 보드라워지기를

먹구름 가득한 날
그렇게 빌어 본다

첫눈

구름으로 하늘을 일구는
겨울바람의 땀방울로

엄마 품에 안겨 자는
갓난아이의 숨소리로

지난밤 어디론가 떨어진
늙은 별들의 기도로

첫눈은
소복이 쌓였다

12월

기다리던 흰 눈이
세상을 감쌉니다

작은 예배당에
불빛은 반짝이고

차가운 거리에
따뜻한 종소리

누군가 나를 위해
기도를 하나 봅니다

크리스마스

별이 되고 싶은 십자가는
옥상 제일 높은 곳에서
하늘을 향해 빛을 뿜다가

가난한 기도 소리 하나를
넌지시 밀어 올린다

가야 할 길을 찾던 종소리는
불빛이 꺼진 집 앞에서
닫힌 창문을 조용히 두드리고

매섭게 불던 바람은
차가움을 잠시 내려놓는다

땅과 하늘에
크리스마스가 오고 있다

겨울밤

밤하늘에 흰 구름 고요한데
개 짖는 소리 어슴푸레 들린다

누가 이 밤에 멀리 길을 떠나나
반가운 눈이라도 하늘에서 내리나

궁금한 마음에 빼꼼히 문을 열면
휭 하고 들어와
따뜻한 방을 차지하는 겨울바람

너도 많이 추웠구나
긴 밤에 건넛마을 소식이나 들어 보자

이월에는

이월에는
햇볕을 가리지 말아요
싹을 틔우기 위해
언 땅을 녹이는 중이랍니다

바람이 불면
살포시 안아 보아요
언제 봄소식이
날아올지 몰라요

이월에는
두근거리는 마음으로
기도하는 마음으로
그렇게 봄을 기다려 보아요

길이 아닌 길은 없다

여행

나 지금 여행 가는데
너도 같이 가자

세상은
갈 곳도 볼 것도
할 것도 너무 많아
그래서 신나는 거야

몸이 마음에게 말했다

고택

오래된 담장 너머
오래된 집이 있다

사람은 떠나고
나무와 꽃이 주인인 집

삶을 사랑한 흔적들이
역사가 되어 남았으니

바람 같은 어제를 품어
햇살 같은 내일을 빚어야지

하나

한 잔의 술을 마시고
한 편의 시를 쓰고
한 사람을 떠올리다가
어느새 한 삶에 닿았다

인생은 하나로 시작해서
하나로 끝난다는 것을 알고 나서

언젠가 둘이었던 시간이 소중했고
지금 혼자인 순간도 견딜 만했다

온전히 하나가 되는 그날까지
고독과 외로움 속에서도
우리는 고맙게 늙어 가고 있다

늙어 가는 그대에게

소년 같은 모습으로
오래도록 살 수는 없지만
소년 같은 마음으로는
영원토록 살 수 있겠지

나이 들어 노인이 된다는 것은
긴 시간을 잘 살아왔다는 것이니
남은 시간도 역시 잘 살면 되지

늙음은 쇠락이 아니라
축복의 또 다른 이름임을
되새기고 깨달으며
즐겁게 살아야지

여보게, 인생길 묵묵히 걸어왔더니
늙어 가는 자네 얼굴도
이렇게 보게 되네

별

너를 보며
버티고 있는 사람이
많다는 걸 아니까

그렇게 또
빛나고 있는 거지

큰 나무

치열한 내 삶이
나만을 위한 것이 아니길

울창한 가지와 푸른 잎으로
그늘을 만드는 큰 나무처럼
좀 더 가치 있는 삶이길

말라붙은 껍질을
헤집고 나오는 새순의 숨결
그 앞에서도 부끄럽지 않게

뜨거운 내 삶이
나만을 위한 것이 아니길

갈대는 춤춘다

갈대는
바람을 피하지 않는다
맞서지도 않는다

바람을 품고 그 안에서
꺾이지 않는 삶을 만든다

사람들은
흔들리는 갈대를 보며
그저 춤춘다고 말한다

길이 아닌 길은 없다

문득 지치고 힘들어
그대 가는 길이
길이 아닐지도 모른다는 생각이 든다면
그땐 한 그루 나무를 보라

하늘로 뻗어 가는 나무는
저 광활한 창공에
스스럼없이 길을 열지 않는가

길이 아닌 길은 없다
두려움이 막고 있을 뿐이다

떨어지는 빗물은
길을 만들어 바다로 간다
흩날리는 낙엽은
길을 몰라도 땅에 닿아 거름이 된다

멍하니 주저앉아 있으면
길이 있어도 길을 모른다
너는 이미 어려움 속에서도
가야 할 길을 찾아가고 있지 않은가

빈 의자

꽃 지는 날에는
꽃잎이 머물고
바람 잦은 날에는
나뭇잎이 수북하다

누구나 한 번쯤
쉬었다 가는 의자 위에

아무도 찾아오지 않는 날
나는 그곳에 앉아
시 한 편 읽어 주고 왔다

휴일 아침

자그마한 라디오에
낯익은 음악 소리 정겹고
아침을 먹지 않아도
향기로운 커피 한 잔이 좋고

울리지 않는 전화기에
마음 쓰지 않아도 되고
분주한 시계 초침에
눈길 주지 않아도 되는

이 시간이 좋은 이유
오늘은 바로 휴일이니까

기적을 만들어라

기적을 바라지 말고
기적을 만들어라

작은 이파리 하나가
높은 담장을 넘어서고
보잘것없는 닭 한 마리
세상의 아침을 깨운다

어둠 속을 날아서
둥지를 찾아가는 새들도
바람 부는 절벽에
당당히 피어 있는 꽃잎도

모든 존재가 기적이다
너만의 기적을 만들어라

밤 교실

자그마한 교실에
불빛이 빼곡하다

밤하늘 별들이
저기 다 모였네

쌀

어머니는 아침부터
쌀을 이고 다니며 파셨다
어린 자식 손을 잡고
이 골목 저 골목을 다녔다

집으로 돌아올 땐 쌀 대신
하얀 달을 이고 오시던 어머니

먹다 흘린 밥알이
어머니 눈물 같아 목메는 밤
달빛 속에 떠오르는
우리 어머니 그리운 얼굴

어스름

해는 뉘엿뉘엿 지지 못한 채
속절없이 넘어가고
그림자가 떠난 작은 집에
어스름이 정적을 채운다

가녀린 달빛 하나
지붕 위에 비스듬히 걸리면
마실 나간 어머니는
차가운 밤길을 혼자 걸어오시겠지

불 꺼진 빈방에
반딧불만 한 온기라도 남아 있을까
멀리서 애태우는 마음은
야윈 달빛만 물끄러미 바라본다

나눔

빵 한 조각과
책 한 권이 생겼다

빵은 배고픈 사람에게
책은 아이에게 주었다

내가 가져도 좋은 것들
필요한 사람과 나누면
아름다운 일이 또 생기지

오늘 밤에는
별이 하나 더 뜨겠다

비 내리는 오후

동그라미를 그리면
시작과 끝이 맞닿아
마음도 동그래진다

세모나 네모를 그리면
사람에 따라 시작과 끝이 달라
마음에 모서리가 생기기도 한다

사랑이 둥글면
인생도 둥글겠지

비 내리는 오후에
연필로 그림을 그리며
둥글게 살아야 할 이유를 찾고 있다

어버이날

부모님 가슴에
달아 드리던 카네이션 한 송이

예쁜 꽃잎에 향기가 없다며
투정을 부리던 어머니
꽃보다 할매가 더 예쁘다며
놀리시던 아버지

다시 그날은 돌아왔는데
부모님 목 놓아 부르다가
향기 짙은 국화 한 송이
대답 없는 사진 앞에 놓아 드렸다

시골집

불어오는 바람에
대나무 그림자는 마당을 쓸고
빨랫줄의 하얀 옷은
연이 되어 하늘을 난다

숨바꼭질 재미에
지칠 줄 모르던 아이는
누렁이 새끼 낳은 소식에
단숨에 집으로 달려가고

개구쟁이들 웃음소리
이 집에서 저 집으로 옮겨 가면
먹이 찾던 제비가
앵두 같은 석양을 물고 온다

밥 짓는 어머니
일 마치고 오시는 아버지
온 가족은 다시 집으로 모이고
저녁 하늘엔 어둠이 달빛을 깨운다

당신의 하늘

하늘에는
둥근 태양이 솟아오르고
하얀 구름이 떠다니고
자줏빛 노을이 물들고
가끔 신비로운 무지개도 뜨고

밤하늘에는
밝은 달이 웃어 주고
초록 별이 속삭이고
바람 소리가 어둠을 달래고
때로는 그리운 얼굴도 떠오르고

가진 게 없다고 말하지 마세요
당신은 저 하늘을 다 가졌습니다

태권도

도복을 적시는
땀방울은 빗물이 되고
하늘을 찌르는
기합은 천둥이 되니

내일을 향한
눈빛은 번개보다 빛난다

불굴의 태권도여
뜨거운 기상이여
폭풍처럼 몰아쳐
세계를 적셔라

나쁜 사람

집에 갈 차비를
배고픈 사람에게 쥐어 주고
집까지 걸어서 가는 사람
자신의 몸을 혹사하는 나쁜 사람

바람 부는 궂은 날
폐지 줍는 노인의 수레를 미느라
식사 약속에 늦는 사람
누군가를 배고프게 만드는 나쁜 사람

식당에서 만난
젊은 군인에게 고생한다며
밥값을 대신 계산하는 사람
알뜰살뜰 저축할 줄 모르는 나쁜 사람

자신에게 차가워도
타인에겐 따뜻한
그런 사람들 때문에
달은 저렇게 웃으며 뜨는가 보다

오늘처럼

새소리에 귀를 열고
꽃향기로 몸을 씻고
기분 좋은 마음으로
하루를 시작한다

바람은 시원하고
햇살은 따사롭고
만나는 사람은 친절하고
어떤 일을 해도 즐겁고

이렇게 행복해도 되나 싶다가도
열심히 살고 있으니 그래도 된다 싶고
행복을 누군가와 나눠야지 생각하면
세상은 또 한 번 아름답고

오늘처럼 살다 보면
세월이 가도 아깝지 않고
나이가 들어도 슬프지 않겠지
하루를 살아도 오늘처럼 살아야지

꽃은 피는데

눈부셨던 청춘아 왜 그리 떠나야 하나
함께한 시절인데 혼자만 가야 하나

사랑도 날 버리고 세월 따라 떠났는데
꿈도 한번 못 이루고 내 젊음이 다 갔네

혼자 가는 세월아 왜 그리 달려서 가나
내 발이 느리구나 따라서 갈 수 없네

인생이란 덧없는 것 그래도 살아야지
눈물은 감추어라 꽃은 피는데

* 이 시는 대중가요로도 제작되었습니다.

다시 백 년

백 년을 이어 온 숨결이여
새로운 백 년을 꿈꾸니
사랑은 뿌리를 뻗고
나눔은 꽃을 피운다

어떻게 살아야
이보다 아름다울까
어떠한 삶이
이보다 거룩할까

고결한 눈빛이여
뜨거운 가슴이여
다시 한 번 세상을 밝히리라

* 이 시는 대한적십자사 헌정 시로, 제주도 제주시
  대한적십자사 제주지사 신사옥에 시비로 세워졌습니다.

인류의 가슴에

오천 년 역사의 땀방울이
끊임없이 흐르는 강물이 되었구나

어제의 전통과 오늘의 열정
내일의 희망이 경주에서 꽃피니
세계는 하나 되고 세상은 향기롭네

하늘로 치솟는 겨레의 기상
인류의 가슴에 별처럼 새겨지고
대지를 호령할 민족의 웅비
지구촌 곳곳을 햇살처럼 비추리라

세계에 우뚝 서라 대한민국
세상을 안아 보자 경북 경주

* 2025 경북 경주 APEC 헌정 시이며,
  노래로도 만들어졌습니다.

시를 써도 삶은 여전히 거칠지만
시가 없으면 삶은 흙만 남는다

어느덧 등단하고 십 년이라는 시간이 흘렀습니다. 하얀 종이 위에 수채화를 그리듯 써 내려간 시들이 아홉 번째 시집으로 묶여 세상 밖으로 나왔습니다. 돌이켜보면 지난 십 년은 세상의 흔들림 속에서 나만의 중심을 잡으려 애쓴 시간이자, 동시에 사람들의 안부를 묻기 위해 끊임없이 마음의 길을 낸 시간이었습니다.

백 편의 시를 고르고 다듬으며 생각했습니다. 내가 쓴 이 시들이 누군가에게는 지친 일상을 잠시 잊게 할 시원한 그늘이 되고, 또 누군가에게는 잊고 살았던 삶의 향기가 되길 바란다고 말입니다.

시를 쓰는 일은 결국 무엇인가의 이름을 부르는 일임을 이제야 조금 알 것 같습니다. 바람이 불면 부는 대로, 비가 오면 오는 대로 저는 앞으로도 계속해서 시를 쓸 것입니다. 시를 써도 삶은 여전히 거칠지만, 시가 없으면 삶은 흙만 남을 것입니다. 흙 속에 꽃씨를 심는 마음으로, 계속해서 함께 살아가자는 다정한 약속들을 문장 속에 채워 넣겠습니다.

 이 시집의 마지막 장을 덮으면서, 제 마음속의 작고 연한 향기가 누군가의 곁에 잠시 머물 수 있기를 바라봅니다. 시인으로서 그보다 더한 보람은 없을 것입니다. 십 년을 한결같이 곁에 계셔 준 독자님들께 고개를 숙입니다. 우리는 여전히 흔들리는 세상에 살고 있지만, 가슴에 별 하나 품고, 내일을 꿈꿉니다. 시를 읽고 버티는 사람들을 위해 나는 또 시를 씁니다.

– 강원석 –

시를 읽는 사람은 꿈을 색칠합니다